句集

# 恒心

大串章

角川書店

句集・恒心

# 目次

装画●大久保裕文
装丁●ベター・デイズ

# 句集
# 恒心

# 1

## 2015年

初茜詩ごころ動き始めけり

防人の見上げし嶺ろや初日さす

猿回し猿引き寄せて語りゐる

大棚田荒星を撒き散らしけり

地虫出づ古墳の謎は謎のまま

旅日記雁風呂のこと記しあり

校庭に山羊の聞きゐる卒業歌

古墳より弥生の空の拡がれり

シャボン玉次々飛ばし淋しき子

燕の巣見上げ遊学子の発てり

山国に来て佐保姫と出会ひけり

遅桜旅人来るを待つ如く

古民家に坐りて春を惜しみけり

故郷より新茶ちちはは無き今も

雲の峰きりんの貌の行き来せり

サングラス外し麒麟を見上げをり

日光東照宮

鳴き竜の声万緑に沈みけり

茄子の紺洗ひて夕立走り去る

滝音に磨かれ岩の尖りけり

鳥一羽虚空に溶けし炎暑かな

稚内、利尻島、礼文島、留萌、増毛など　10句

北上の翼下雪渓続きけり

海霧流れ自死の乙女の像黙す

サハリンの悲しみ夏の霧深し

北国の離島に海霧の疾き流れ

夏霧の島へ船笛鳴りひびく

島山の真水集めて滝光る

夏怒濤鮮魚店までしぶき飛ぶ

蝦夷鹿の向かう夏潮かがやけり

えぞにうや最北端の牛の群れ

玫瑰や留萌本線終着駅

秋天を突き上げ鼓笛隊進む

好きな句を言ひあひ林火忌を修す

菅笠を投げて唆呵や村芝居

台風の眼の中に居て国憂ふ

猫じゃらしサンバのリズム覚えけり

案山子らの衣装に時の流れあり

山国に育ち鯊釣り嬉々と見る

マリーナを見下ろし木の実拾ひけり

鶏鳴は人住むあかし竹の春

霧雨を飛びゆく鳥の眼を思ふ

馬小屋に馬の眼を閉づ十三夜

身にしむや鴨居に遺影一つ増え

木の実独楽まはし幼き日を語る

水鳥を遠目に湖畔めぐりけり

鹿児島県出水　10句

暁闇を震はせ鶴の鳴き競ふ

鶴舞ひて薩摩の国を席捲す

鶴は群れ鷺は一羽に徹しけり

鶴の数かぞへ出水の子ら育つ

鶴唳に波郷の切字響きけり

鶴を見て鶴に見られて田を廻る

真鶴と鍋鶴と畦隔て立つ

一羽飛ぶ鶴の寂しさ見上げけり

白鳥に会ひ鶴に会ひ喜寿を越ゆ

鶴の声真似て地酒を酌みにけり

進むべき道は枯野の奥にあり

猪鍋をつつきぬた場を語りけり

枯木山描くにあまたの色使ふ

マフラーの色変へて老い拒みけり

狸来て防犯カメラ見上げをり

枯蟷螂己貫き通しけり

# 2

2016年

引き揚げて七十年や屠蘇祝ふ

羽子の音大和の国にひびきけり

初景色行くべき山河なほ多し

勝独楽の傷の手触り今もあり

独楽を打つ子らに未来を託しけり

冬たんぽぽ船笛に黄をかがやかす

春帽子世界一周すると言ふ

人影は李白か杜甫か梅真白

ふるさとの山河を歌ひ卒業す

畦道に坐り土筆の声を聞く

絶え間なく爆音よぎる春田かな

空港を間近に春田打ち続く

山笑ふ雲も笑つて通りけり
かたくりの花家持の歌ごころ

風船に埋まり風船売つてをり

花筵広し異国語交へたる

花に暮れ花に明けゆく山家かな

耕人は小野妹子の裔ならむ

2

2016年•047

鳥雲に入り灯台の点り初む

菜殻火も故郷も遠くなりにけり

蟻の声聞かむと幼しやがみこむ

樟若葉力のかぎり光りけり

亡き人のかけし風鈴鳴りつづく
ふるさとへ届けと草矢飛ばしけり

黒日傘黄泉より還り来し如く

田植歌すたれ田植機行き交へり

2
2016年●051

夏蝶に野原残して帰りけり

パトカーの警笛蜘蛛の子を散らす

富士塚の一合目蟻急ぎけり

蟬穴を出づ太陽は遥かなり

大夏野芭蕉の枯野思ひけり

蟬の声聞き分けてゐる地蔵かな

炎天に志功の女叫びけり

帰国子を囲みワインと梅酒かな

帰省してローマの猫を語りけり

海の日や戦争知らぬ子ら泳ぐ

草笛を吹く目故郷を見つめをり

引き揚げて来て今がありし敗戦日

新涼や白樺に手を触れて行く

秋の灯を海まで拡げ港町

夕月夜老いゆく日々の中にあり

初島を囲む白波小鳥来る

虫の音に坐し浪音を遥かにす

大花野夜は流星の舞台かな

露けしや自画像の眼の何見つむ
フラミンゴ色なき風に華やげり

高西風や漁港に小さき酒場あり

鷹匠と鷹の眼火花散らしけり

初冠雪見慣れし山を見て飽かず
大空の鷹の歳月思ひけり

木守柿民話の里を守るごと

鷹の舞ふ民話の里を廻りけり

滝音の中に綿虫ただよへり

綿虫を見上げて旅の半ばかな

大谷石地下砕石場　3句

底冷えの地底鶴嘴響きけり

振り上げし鶴嘴の影岩に冴ゆ

大谷石掘り継ぎ狐火は知らず

青空に鷹を舞はせて干菜吊る

鷹見上げ白鳥の来る日を思ふ

満州の三寒四温父母ありき

# 3

2017年

船宿に注連縄舟に輪注連かな

初市の掛け声に波光りけり

象きりん大和の国の初日浴ぶ

手毬唄故郷の山河ありありと

年酒酌み企業戦士の頃語る

雪女郎宿の天窓過りけり

満州のペチカ語りし父は亡し
鉢植ゑの梅を大事に路地暮し

満州の羊群思ふ余寒かな

ふらここを激しく第二反抗期

武相荘（旧白洲邸）

雛の間に白洲正子の能衣装

竜天に昇り黄河を見下ろせり

後の世を思ひ桜を見つめをり

佐保姫のこゑ裏山に響きけり

さきたま古墳群　3句

琴を弾く埴輪に春の灯の揺らぐ

花冷えや武人埴輪の薄笑ひ

古墳より古墳を見やり青き踏む

逃げ水に追ひついて夢覚めにけり

3

飛花落花大河はよどみなく流れ
牛飼の花びら浴びて餌運ぶ

囀りに山河色めき立ちにけり

別れ霜畦道に竹束ねあり

ふるさとの新茶に一家和みけり

夏蝶の渓越えてゆく光かな

鼓笛隊すすみ雪渓かがやけり

傘雨忌の泥鰌屋に酌む師弟かな

人の道説き雲の峰仰ぎけり

盛衰の城の石垣蟻登る

鯱の動かぬ力青嵐

早苗饗や地産地消の肴盛り

蛍火の夢の中まで付ききたる

鱚釣りの河豚釣り上げて笑ひけり

夏怒濤大岩を打ち浜を撫で

夏怒濤我も海の子立ち尽くす

草矢射て故郷に帰る日を思ふ

風鈴に亡き人の句を吊しけり

少年と老人と滝見上げゐる

渋団扇ときどき犬を煽ぎやり

高原の朝焼け牧舎しづかなり

墓灼けて漁村小さくなりにけり

銀漢やローマに住まふ子を思ふ

流星に地球の未来思ひけり

3

2017年・091

秋の声鉄路に過去と未来あり

露草に異国の歌のひびきけり

秋風に白鬚揺らし山羊笑ふ

毬栗を拾ひ幼き日に戻る

鰡飛んで飛魚になる夢捨てず
淋しげな子に鰡飛んでみせにけり

野外劇終はり赤蜻蛉の舞へり

秋気裂きドッグレースのいや疾し

草の絮おとぎの国へ飛んでゆく

近寄れば眼も鼻もなき案山子かな

露けしや五百羅漢の中に坐す

予備校の自転車置場虫すだく

交叉点マフラーの色行き交へり
過去よりも未来を思ひ日向ぼこ

逝くときも空に舞ふ鷹見たきかな
山路ゆく冬木のことば聞くごとく

浮寝鳥鳥には鳥の一世あり

水ぐるま凍りて刻を止めにけり

# 4

2018年

空港に御慶交はして旅に出づ
初旅のシートベルトを締め直す

タラップを下り満身に初日浴ぶ

初旅の翼下都市あり山河あり

山脈を翼下に恵方めざし行く

初刷の社説に釘をさされけり

八穂子、ローマより一時帰国

初写真一時帰国の子を囲み

白鳥の初日を浴びて羽ばたけり

初夢の歌仙のしどろもどろかな

初夢や言葉にならぬことばかり



2018年・107

初旅の山河に思ひ新たにす

白鳥も鴨も蒼穹抜けて来し

白鳥の帰る日語り合ふごとく

懐手解きて己に返りけり

大銀杏芽吹かむとする気迫あり

木々芽吹き胸像の眼の光りけり

受験子を励まし天気予報終ふ

農を継ぎ野焼を継ぎて里に老ゆ

白梅や企業戦士もいま白髪

鷹化して鳩となり児に歩み寄る

涅槃西風父の漁船を待つ子かな

春疾風高炉の錆の逞しき

コンテナ船発てり春の陽満載し

麦踏みの夫婦近づきては離れ

春雷に顔上げ釣り師動かざる

鳥一羽辛夷の白を零し去る

映りゐし水に椿の落ちにけり

蜷の道わが来し道を振り返る

春燈や夕爾かよひし喫茶店

昭和の日昭和を知らぬ子ら遊ぶ

釣舟を湖にちりばめ山笑ふ

葱坊主余生たのしむ如く立つ

たんぽぽの絮追ふ夢を追ふ如く

麦秋や屋根の錆びたる無人駅

朴の花林火と訪ひし高野山

更衣着の身着のまま引き揚げ来て

田植機に道を譲りて下校の子

投げ釣りの竿に夏日の煌めけり

兜太逝き蛍がひとつ飛んでゐる

万緑に句碑を遺して兜太亡し

郭公に目覚めて地図を拡げけり

夢二の絵飾り湖畔の宿涼し

夏怒濤千枚田鳴り響きけり

少年の自転車虹を渡りゆく

観覧車雲の峰より下りきたる

多作多捨目指し炎暑に挑みけり

河童忌や若き日の本捨てきれず

白日傘二つ湖畔をめぐりゆく

青柿を拾ひ故郷を偲びけり

銀河濃し賢治修司に浸りし日

台風一過牧場に馬散らばれり

8月21日入院　4句

露けしや酸素ボンベを据ゑて臥す

秋の夜病みて見え来るもののあり

病窓に波郷も見たる鰯雲

台風も地震も過ぎて退院す

花野見る花野の中に立ち尽くし

吊橋に立ち秋雲と語りけり

吊橋を渡る紅葉に染まるべく

仲秋や病を糧に生きゆかむ

新酒酌む運転免許返納し

競馬学校爽やかに鞭ひびきけり

今年酒一時帰国の吾子と酌む

鷹一羽舞ふ渓谷の夜明けかな

大白鳥先陣の二羽はばたけり

鳥を統べ大白鳥の鳴き交はす

熱惘を酌むノンポリも左派も老い

秘境駅真下に鷹のひるがへる

無人駅つづき冬田のつづきけり

帰り花小声で人を呼んでをり

小犬にも落葉踏む音空青し

大白鳥我を見据ゑて泳ぎ来る

空に舞ふ鷹の塒を思ひけり

思はざる寒さ満州よみがへる

猟銃音山路に殺気走りけり

枯蟷螂一期一会の斧かざす

牛小屋の氷柱に朝日かがやけり

# 5

2019年

読み初めの一書十年変はらざる
初御空飛ぶ鳥に我が意を託す

初便り紆余曲折をありのまま

病癒え決意新たに年迎ふ

暗闇に白鳥の声発光す

探梅行地蔵に道を尋ねけり

5 2019年・145

凍蝶に触れて命を確かむる

滝涸れて一山声を失へり

白鳥を見て来し少女ピアノ弾く

落椿波紋の中に揺らぎけり

草の芽の一つ一つに未来あり

梅古木花びつしりと老い知らず

うぐひすの声に一山目覚めけり

開拓碑いきなり雉子の飛び出せり

花の種蒔きて余生を思ひけり

鳥たちの行方を思ふ古巣かな

遠足の子ら殉職の碑を囲む

春園の水車鳴り継ぎ林火亡し

少年の意志噴水を駆け上がる

草笛を吹き白雲を呼び寄する

幼児を蟻地獄より引き離す

母のなき子に母の日の迫り来る

郭公の声聞く旅に出かけけり

老鶯や芭蕉の立ちし石に坐す

城跡を囲み若葉の鬨の声

石川啄木記念館など　4句

岩手山青田の上にかがやけり

啄木の授業せし部屋蟻走る

夏つばめ一閃けふを励まさる

啄木の見し雪渓を見上げけり

碓井関所跡、磯部詩碑公園など　5句

アプト式レール尺蠖進みゆく

合歓の花デジャビュの峠越えにけり

友釣りの鮎空中に光り合ふ

鮎を釣り思ひ出を釣り一日終ふ

文学碑めぐり鮎釣り見下ろしぬ

夏座敷水平線を見て坐る
海月舞ふ夢ものがたり語るごと

夏怒濤漁船小躍りして戻る

美術館出て噴水を見上げをり

釣堀に立ちふるさとの川思ふ

まくなぎを払ひ古民家巡りけり

滝音に目を閉ぢ滝を膨らます

人間に生れ蟬の穴見つめけり

赤ん坊薔薇より生れしごと笑めり

鯖喰へ漁村の路地を猫過る

白南風や漁村に子等の影見えず

夏帽と日傘と海を見つめをり

大花野巡り齢を忘れけり

松虫草林火と化石並び立つ

満月を仰ぎ書斎に戻りけり

山上湖澄めり魚の目見ゆるほど

花野ゆく見知らぬ国を行くごとく

秋の航草田男の旅思ひけり

灯火親しがり版刷りの同人誌

遠き日を呼び寄するごと胡麻叩く

露けしや一生に読む本の数

干菜吊る山家に夕日かがやけり

枯蟷螂この世に未練ある如く

ミステリー落葉の中にイヤリング

干大根連ね夕日を並べけり

翁忌の近きを芭蕉像に告ぐ

花嫁と七五三の子見つめあふ

ペーチカも炬燵も遠し傘寿過ぐ

玉子酒八十路大事に生き抜かむ

葱まつり子の丈ほどの葱を買ひ

大鷹の食ひ散らしたる骨白し

白髪となり雪嶺を仰ぎけり

梟の鳴き止み闇の濃くなれり

白鳥を見て数へ日の旅にあり

# 6

2020年

白鳥のこゑ初空を拡げけり

初凪や引揚げ船の水脈遥か

混濁の世に粛然と独楽澄めり

熔鉱炉初日を鎧ひ聳え立つ

初夢や鳥獣戯画の兎跳ぶ

滝涸れて山は眠りを深くせり

凍蝶に大空青く果てしなし

初版本語る囲炉裏に手をかざし

白鳥と鴨と帰る日言ひ合へり

白鳥の羽搏き故郷思ふらし

白梅を見て白鳥を見て白髪

野遊びの果て灯台に登りけり

磯遊び沖合の船いつか消え

魞挿す人湖畔の暮し語りけり

蛇穴を出で白雲を見上げけり

俳諧の国や亀鳴き田螺鳴く

揚げ雲雀家持の歌聞こえけり

校門の桜を語り師を語る

土筆摘む子らに声かけ測量士

西行忌われの知らざる道あまた

霾ぐもり世界に憂ひ拡がれり
切株に坐し囀りの中に居り

海見ゆる高さ鳥の巣光りけり

吊橋を渡り山藤まのあたり

行く春を惜しみ八十路の坂をゆく

山清水岩に手をつき啜りけり

蟻の力象の力や夏来る

清水汲み西行の旅思ひけり

雲の峰進水式の旗躍る

登山帽ひたすら主峰目指しけり

新茶汲み父母なき故郷思ひけり

十薬や疫病のなき世を願ふ

三密を避け白南風の丘に立つ
仙人掌を咲かせ異国の夫婦住む

海の家閉ざされ波の寄するのみ

山道を行く老鶯に励まされ

熱帯夜ブラジルの旅よみがへる

捕虫網夢追ふごとく振りまはす

古民家の夏炉に故郷語り合ふ

白日傘黒マスク路地行き交へり

摩崖仏灼けて微笑み崩さざる
流星を待ち旱星見上げけり

夕端居ふるさとの風吹いて来し
若き日の付箋の多き書を曝す

敗戦忌匪賊の怒声忘れ得ず

満州も故郷も遠し盆の月

村芝居終へて地酒を酌み合へり

手を繋ぎ鰡跳ぶを待つ親子かな

林火忌や今も鼓舞され叱咤さる

天高し岐路に立つたび師を思ふ

林火忌や初めて会ひし日を忘れず

うそ寒や路地に屋台の灯が一つ

釣り上げし鯊に夕日の煌めけり

加曽利貝塚など　3句

貝塚に埋もれ人の骨冴ゆる

腕を組む土偶や冬日あたたかし

竪穴住居縄文人と炉火囲む

遠き灯を見据ゑ枯野を急ぎけり

青信号落葉が先に駆け出せり

冬帽子目深に師匠楽屋入り

印旛沼　3句

鴨を見に来て大鷭に出合ひけり

水鳥の名を言ひ子らの走り寄る

湖畔道冬蝶に追ひ越されけり

行間を読めと一書や冬籠り

鷹の影見上げ始祖鳥思ひけり

満州の枯野幼き我の立つ
狐火に会はず傘寿を越えにけり

河豚鍋を囲み長寿を疑はず

雪をんな行く先告げず消えにけり

句集　恒心　畢

## あとがき

『恒心』は私の第8句集である。平成27年から令和2年までの392句を収めた。句集名「恒心」は「章寸評」（飯田龍太）の一節「非凡にあこがれるより、常凡をおそれぬ恒心の確かさ、これがこの作者に対する私の印象のすべてである」（「濱」昭和44年8月号）からとった。当時私は32歳、「濱」（大野林火主宰）の同人だった。

私は小学生の頃、満州（現中国東北部）で敗戦を迎え、食うや食わずの1年弱を過ごした後、命からがら故郷の佐賀県吉田村に引き揚げてきた。そして中学生の頃、肺浸潤を患い2年間休学した。休学を契機に俳句を始め、句作に集中することにより病を克服することができた。そして傘寿を過ぎた現在も俳句を続けている。もしあのとき病に罹らず俳句に出合わなかったら、たぶん私は俳句とは無縁の人生を過ごしている。今や俳句は私の生きるようすが、まさに禍転じて福となるである。

本書出版にあたり種々ご助言いただいた角川文化振興財団の方々、校正を煩わせた「百鳥」の酒井康正氏に厚く御礼申し上げる。

令和3年5月

大串 章

著者略歴

# 大串 章

おおぐし・あきら

昭和12年11月6日、佐賀県生まれ

昭和34年　「濱」に入会、大野林火に師事

昭和37年　京都大学経済学部卒業

　　　　　日本鋼管（現JFEスチール）に就職

昭和53年　句集『朝の舟』により第2回俳人協会新人賞受賞

平成6年　「百鳥」創刊主宰

　　　　　評論集『現代俳句の山河』により第9回俳人協会評論賞受賞

平成12年　「東京俳壇」選者（8年間）

　　　　　テレビ「NHK俳壇」選者（2年間）

平成14年　俳人協会理事、「愛媛俳壇」選者

　　　　　NHK学園「俳句春秋」選者

平成17年　句集『大地』により第45回俳人協会賞受賞

平成19年　「朝日俳壇」選者

平成20年　俳人協会常務理事、日本文藝家協会理事

平成27年　講演集『俳句とともに』により文學の森準大賞受賞

平成29年　公益社団法人俳人協会会長

句集に『朝の舟』『山童記』『百鳥』『天風』『大地』『山河』『海路』他に自註句集など

著書に『秀句三五〇選・風』『現代俳句の山河』『自由に楽しむ俳句』『千里同風』『講演集　俳句とともに』など

句集　恒心　こうしん

百鳥叢書124集

初版発行　2021年7月1日

著　者　大串 章
発行者　宍戸健司
発　行　公益財団法人 角川文化振興財団
〒359-0023 埼玉県所沢市東所沢和田3-31-3
ところざわサクラタウン 角川武蔵野ミュージアム
電話 04-2003-8716
https://www.kadokawa-zaidan.or.jp/
発　売　株式会社 KADOKAWA
〒102-8177 東京都千代田区富士見2-13-3
電話 0570-002-301（ナビダイヤル）
https://www.kadokawa.co.jp/
印刷製本　中央精版印刷株式会社
 ISBN978-4-04-884435-2 C0092

角川俳句叢書　日本の俳人100

青柳志解樹
朝妻　力
有馬　朗人
安西　篤
伊丹三樹彦
伊藤　敬子
伊東　肇
井上　弘美
猪俣千代子
茨木　和生
今井千鶴子
今瀬　剛一
岩岡　中正
尾池　和夫
大石　悦子

大串　章
大牧　広
大峯あきら
大山　雅由
小笠原和男
小川　晴子
奥名　春江
小倉　英男
落合　水尾
小原　啄葉
恩田侑布子
甲斐　遊糸
加古　宗也
柏原　眠雨
加藤　憲曠

加藤　耕子
金箱戈止夫
神尾久美子
九鬼あきゑ
黒田　杏子
小島　健
阪本　謙二
佐藤　麻績
塩野谷　仁
柴田佐知子
柴田多鶴子
小路　紫峡
鈴木　貞雄
鈴木しげを
千田　一路

**高橋 将夫**
**田島 和生**
棚山 波朗
**辻 恵美子**
**坪内 稔典**
**出口 善子**
手塚 美佐
**寺井 谷子**
**名村早智子**
**鳴戸 奈菜**
**名和未知男**
**西村 和子**
**根岸 善雄**
**能村 研三**

橋本 栄治
橋本美代子
**藤木 倶子**
**藤本安騎生**
**藤本美和子**
**文挾夫佐恵**
**古田 紀一**
**星野 恒彦**
**星野麥丘人**
**松尾 隆信**
**松村 昌弘**
**黛 執**
**岬 雪夫**
**三村 純也**

宮田 正和
**武藤 紀子**
**村上喜代子**
**本宮 哲郎**
**森田 峠**
**山尾 玉藻**
**山崎 聰**
**山崎ひさを**
**山田 貴世**
山本比呂也
**山本 洋子**
**依田 明倫**
**若井 新一**
**渡辺 純枝**
ほか

（五十音順・太字は既刊）